KB120920

떠난 것들의 등에서 저녁은 온다

시작시인선 0307 떠난 것들의 등에서 저녁은 온다

1판 1쇄 펴낸날 2019년 11월 1일
1판 3쇄 펴낸날 2024년 8월 22일
지은이 유은희
펴낸이 이재무
책임편집 박은정
편집디자인 민성돈, 장덕진
펴낸곳 (주)천년의시작
등록번호 제301-2012-033호
등록일자 2006년 1월 10일
주소 (03132) 서울시 종로구 삼일대로32길 36 운현신화타워 502호
전화 02-723-8668
팩스 02-723-8630
홈페이지 www.poempoem.com
이메일 poemsijak@hanmail.net

ⓒ유은희, 2019, printed in Seoul, Korea

ISBN 978-89-6021-453-8 04810
     978-89-6021-069-1 04810(세트)

값 11,000원

*이 시집은 2019 다이나믹 익산 아티스트 지원사업의 지원을 받아 제작되었습니다.

떠난 것들의 등에서 저녁은 온다

유은희

천년의시작

시인의 말

멀리 가야 깊이 만날 수 있는
그 길을
젖으며 마르며 간다

그대 있는 그곳에서
바람 불어오고
비 오는 줄 안다

느티나무를 지나
물푸레나무를 지나
가야 할 길이 먼
어디쯤에서
풀꽃만 한 시의 우산을 펼친다

어디에도 없고
어디에도 있는 그대에게로
한없이 가겠다

2019년 10월
유은희

차 례

시인의 말

해 설

제1부

느티나무 그늘은 울기 좋은 곳이다

매미 울음 받아내기 위해
느티나무는 그늘을 펼치는 것이다
깊이 꺼내 우는 울음
다 받아주는 이 있어
그래도 매미 속은 환해지겠다
느티나무 발등 흥건하도록
누군가를 사랑한다는 건
전생을 쏟아야 하는 슬픔인 것이다
어깨가 넓은 느티나무 그늘은
울기 참 좋은 곳이어서
언뜻언뜻 하늘도 눈가를 훔친다
느티나무도 덩달아 글썽해져서
일부러 먼 산에 시선을 매어두고 있다
저녁 산이 붉어지는 까닭이다

느티나무 어깨에 기대어
울음 송두리째 꺼내 놓고 나면
매미 허물처럼 가벼워질까
사랑, 그 울음이 빠져나간 몸은
한 벌 허물에 불과할 테니

메꽃

버려진 지게로 메꽃이
뻗어가더니
이내 이마를 짚고
부러진 다리를 감싼다
고구마 순도 볏짚도
산 그림자도
더는 져 나를 수 없는
무딘 등을 쓸어내린다
지게의 혈관이 되어
온몸을 휘돈다
한쪽 팔을 담장 높이 치켜들고는
지게의 뼛속까지 똑똑
햇살을 받아내고 있다
산비탈 마당가
메꽃과 지게는
하나의 심장으로 살아간다
반신불수의 지게에서
메꽃, 핀다

흰밥 수저 가득 떠서

아, 하고 먹여 주는 늙은 입과
아, 하고 받아먹는 늙은 입이
활짝 핀 메꽃이다

이명

그녀의 괄호를 열면
단단한 살구씨가 산다
명자 씨 귓속마다 살구씨 뒹군다

언제부턴가 꽃 진 자리마다
멍 하나씩 매달았다
이른 나이에 분홍 옷고름 몇 번을
더 고쳐 맸을지
소문 속으로 떠났던 길
번번이 친정의 늙은 살구나무 곁으로 돌아왔다

깊은 속말에 말 거는지
주렁주렁 혼잣말이 속으로 깊었다
모두들 그녀 뒤에서 수근거렸지만
기억 밖으로 난 푸른 잎
귓전으로 흘려 매달았다

그때 살구씨는 고막까지 울려댔을까
후둑, 지기 위해
어둠 속에서 온몸 흔들고 있었다

버팀목 하나 없는 늙은 나무
그래도 먹먹하게 살구는 익었다
등 굽은 발치에서 그녀는 오래 버텼다

뿌리까지 스며든
그녀의 귀울음이 먼 목탁 소리처럼
가지마다 울린다 문득 명자 씨
씨앗을 뱉는다

구두

쓰레기장 구석에 가죽 구두 한 켤레
놓여 있다 누군가 내다 버린
체중계 위에서 걸음을 멈췄다
턱에 걸린 숨을 그만 내려놓은 듯
혀를 내밀어 보이고 있다
쓰레기장 어둠이 퇴적된 것은
구두가 모든 길을 해감하기 때문이다
채 벗어내지 못한 무게는 320그램,
벼랑 끝 발길을 돌려 와서는
뼛속까지 박아 넣었을 못의 무게다
소리 새어 나가지 못하게 못 끝 다져 문
속울음의 무게다
구두가 상처를 비벼 뜨는 순간
고장 난 센서 등이 오래된 기억을 깜박, 켠다
언덕길만 걸어왔던 아버지
모서리마다 덧댄 삶을 벗고
빈 잇몸으로 생을 빠져나가던 날을 기억한다
등을 서까래처럼 세워두고
몸만 빠져나간 사막 소의 주검처럼
여전히 제 코뚜레를 풀지 못한 구두의 발등이
한없이 부어 보인다

파문

그릇을 놓친다
오랜 적막이 깨지고
그 둥글기만 하던 것이
품었던 제 속 날을 모두 쏟아낸다

뜨겁거나 찬 것들 담아낼 때마다
속속들이 금이 갔을
그 틈 보듬어 안으려고
더욱 오목하게 깊어졌을 것이다

조각들 우우 밀려오고 밀려간다
중심, 내가 깊이 던져진 듯
밖으로 파문이 인다

그 모음 자음을 꿰어 맞춰도 번번이
노릇,
이라 읽힌다
어쩌면 그릇은 노릇을 놓아버린 건지도

지금 나는

어디쯤 물결쳐 조각으로 남은 걸까

가장 무겁게 그릇을 깼다

길 하나 등지고 오는

M마트 뒷골목에 앉은 한 노파
거친 잇자국만 남은 사과 같네
누더기 보따리를 갓난아기 어르듯 품었네
우유와 빵을 건네자
보따리를 빼앗기지 않으려는 듯
외짝 슬리퍼에 끌려가네
위태로운 뒤축으로 한 생이 벗겨지겠네
뭐든 품어 안으면 젖이 도는 여자에게
보따리는 여전히 따뜻한 기억일까
무의식의 젖가슴을 풀어 물리던
그녀는 배고픔조차 잊은 듯하네
저 누더기 속에 품었을 누군가는
어쩌지 못한 부끄러운 나이기도 하네
두 팔 가득 양식이 죄만 같아
길 하나 등지고 오는 내내
목에 걸린 노을 하나 캑캑거리네

그 겨울 골목은 따뜻했네

파랑 철 대문 집이었던가요
그 쪽문으로 달도 허리 굽혀 들곤 했죠

마당가 펌프샘을 지나
부엌으로 드는 낮은 문턱이
주인집 마당과 쪽방의 경계였지요

연탄아궁이의 노란 주전자는
저 혼자 멋쩍어서 달그락거렸죠

쪽방 아랫목은 가슴 한쪽을 데고도
겁 없이 부풀어 올랐어요
감나무는 자꾸만 창가로 가지를 뻗었지요

스무 해 겨울 삼양라면은 설익었고
들썩이며 성급하게 끓던 밥물도
지나친 불꽃 탓이었다는 걸 그땐 몰랐어요

너무 멀리 와버린 길에서 문득 뒤돌아보면
내 마음의 막다른 골목 끝으로

파랑 쪽문 하나 여전히 열리네요

그대가 마중물로 불러내 줬던 별들 아득하네요

그대에게

더 늦기 전에 우리 그만 섬으로 내려가요
청산도 도락리 바다로 넓은 창을 내요
시집과 레코드판과 턴테이블로 방 한 칸 들여요
나는 창틀에서 물결 한 장 뽑아내 식탁보를 깔게요
김발 김 빠득 말려 참기름에 자르르 무쳐 낼게요
돌미역에 오이랑 풋고추 숭숭 썰어 냉국을 만들게요
금방 따 온 굴로 새콤한 초무침을 할게요
그대가 낚아 올린 각시볼락은 붉은 양념 발라 쩌 낼게요
다정큼나무 울타리 삼아 이른 저녁 식탁에 마주 앉아요
내 서투른 젓가락질로 먼 파도 소리 한 점 떼어 그대 수저
에 올릴게요
누릇누릇해진 눌은밥까지 노을에 다 불려 먹어요
돌확의 초저녁달 휘휘 풀어 수저 두 벌 담가두고 우리 나가요
칠게랑 참고둥이랑 보리새우랑 갯지렁이랑 바지락이랑 가
리맛이랑 소라가
구멍 집으로 잘 찾아들었는지 손전등으로 들여다봐요
한눈 빠끔 뜨고 내다보는 개펄의 창문들 꼭 닫아줘요

밤새 어린 별들의 이소를 아득히 지켜봐요

24

통통배가 몇 차례 창문을 지나가고 먼 섬이 밀려와 코앞
에 닿기 전에
 늦잠에서 부스스 일어날 거예요
 낚싯대 드리우고 앉은 그대를 못 본 척 소리소리 불러
댈 거예요

모 심는 날

떠듬떠듬 한글을 배워 쓰던 숙모들
무논을 펼쳐 들었네
발목을 구름 뒤로 옮겨 심으며
꾹, 꾹, 생을 적어갔네
바보 삼촌과 아버지는 중천에서
한 문장씩 밑줄을 그었네
돌림노래 무성한 논두렁에서
노란 주전자처럼 갸웃해진 나는 초경을 맞았네
동백아가씨에서 여자의 일생까지
숙모들은 눈물과 웃음을 반반 잡아 썼네
손으로 쓱쓱 발자국을 지워내며
뒷걸음질 칠 때마다 해는 점점 닳았네
애써 팽팽하던 못줄도
목이 멘 이별가에서 그만 출렁, 했네
논머리까지 치밀어 온 바다는
목울음만 한 노을을 삼켜 들었네
못줄 밖으로 밀려 쓴 숙모들의 이야기가
하늘 한 배미를 붉게 물들였네
거머리 같은 가난을 품앗이하고
산허리 한 짐씩 업고 저물었네

굽은 등에서 폐경의 바람이 일었네

가 갸 거 겨 고 교
어린 개구리들 밤새 논을 따라 읽었네
숙모들 지붕 위로 한 움큼의 별들이
볍씨처럼 흩뿌려지고 있었네

울음의 정점에서 비는 내렸다

재봉틀에 평생을 붙박인 순덕 씨 실밥처럼 흘러내렸다
한 평 남짓의 벽 안에 갇혀
길고 짧은 것들 눈짐작으로도 척척 수선해 내더니
제 삶은 늘 뜯긴 홑단처럼 나풀거렸다

아무렇게나 그녀를 재단해 버린 칼자국을 지퍼처럼
목까지 끌어 잠그고 차라리 가벼운 표정을 지어 보였다
마음 뜯겨 나간 자리마다 꿰매 지었을 굵은 매듭들
안으로 덧이 났는지 온통 암 밭이라 했다

울지 못한 울음의 정점을 찾아 꽂혀 들었을
주삿바늘 자국마다 시든 꽃잎 한 장씩 다물고 있었다

밤의 횡포로 한쪽 눈 퍼렇게 웃어 보였던 그녀는
덜미 잡힌 삶의 파편 위에 언제나 맨발이었다
파르르한 입꼬리를 애써 끌어올리며
덧니로 실오라기를 끊어내곤 했다

병실의 얼룩진 침묵이 걷히고 광목 시트가 새하얗게 깔리자
그녀가 죽음의 방향으로 돌아누웠다

속 깊이 봉합된 슬픔이 맨발처럼 몸 밖으로 주룩, 흘러
나왔다

순덕 씨가 떠나고도 몇 날을 더
헐거운 생을 촘촘히 박음질하듯 장맛비는 쏟아졌다

비 그치기를 기다리는 지붕으로
드르륵드르륵 듣는 빗소리가
어쩐지 재봉틀 소리만 같다
순덕 씨 하늘에서도 미싱사가 되었나 보다

그녀가 수선해 준 긴 치마를 입고 비를 만났다

페트병에 꽂힌 꽃

그녀가 그릇 공장에서 야근을 하고 오면
절룩이는 길목에서 나는
무른 사과나 으깨진 빵을 받아 들었다

연탄아궁이 목 깊은 쪽방으로
흉터가 긴 발을 뻗어내면
나는 창백한 달빛 한 장 홑이불처럼 당겨주었다

골목 시장 기웃거리며
한물간 고등어나 단무지 앞에서 몇 번이고
동전을 헤아리는 그녀를 모르는 척했다

몇 송이 꽃으로 다가와서는
새벽길 틈타 문밖 나서는
낯선 그림자도 못 본 척했다

페트병에 꽂힌 꽃처럼 얼마간은
그녀에게서도 향기가 났기 때문이다

꽃 시들어 목 놓을 날 없으랴만

그녀의 사랑이 불구인 걸 알면서도
나는 일부러 따져 묻지 않았다

그런 그녀를 앞질러 걷는 것도 민망해져서
심하게 기울어진 길 뒤를 따랐다

그녀가 몸의 중심을 잡으려 팔을 휘두를 때면
하늘 한 자락이 북, 찢겨 내리곤 했다

절룩이는 길에 돌처럼 날아든 곁눈들을
나는 세상 밖으로 하나하나 걷어차고 있었다

봉투집 여자

수산 시장 입구에 좌판을 펼치고
잡다한 일회용품들을 파는 그녀는
봉투집이라 불린다

봉투요 장갑이요 접시요 소금 왔어요
야전잠바에 무릎 장화 질척이며
새벽 경매인보다 호기롭던 그녀가
동전처럼 와르르 무너지고 있다

퉁퉁 불은 국수 양푼으로
끊어져 내리는 목을 건져 올리고 있다
놓쳐 버린 나무젓가락이
불안한 꿈의 수위를 가늠하고 있다

번번이 삶에 발길 차이면서도
새벽안개를 헤쳐 나오는 여자,
피 칠갑의 장갑 몇 켤레 팔아
동전 탑을 공덕처럼 쌓는 여자,

때를 놓친 면처럼 뚝뚝 끊긴 졸음 속에서도

일회용 꿈을 건져 올리고 있다

자꾸만 꺾어 지르는 삶의 고개를
오르고 또 오르는 봉투집 여자

지상의 계단

무안군 지장리 255번지
또 한 생애가 화구火口로 든다
굴뚝은 지상으로부터의 간극,
소문처럼 주소가 흩어지고 있다
어깨를 들썩이며 몇은
그와의 기억을 불러내고 있고
몇은 더 깊이 삼켜 들어
목울음만 한 솔방울이 툭툭 떨어진다
나무들도 가벼워지고 싶은지
붙잡고 있던 몇 개의 가지를 내려놓는다
하필 휴게실 문은
침묵과 침묵 사이로 꺽꺽거린다
붉은 밑줄을 그어대듯 번호가
호명될 때마다 상복들 우우
연체된 채무처럼 불려 간다
손톱을 뜯거나 빈 종이컵을 구기거나
너나없이 영락없는 대기자들이다
앞선 구름 한 점 막
통과의례의 굴뚝을 넘어선다

어머니를 씻기며

구순의 어머니는 부쩍 밥알을 흘리고
기억을 흘리고 여자를 흘린다

몸의 괄호를 다 열어젖혀도
단춧구멍 열리듯 속이 훤히 열린다
이제는 그 흔한 비밀 하나도 간직하지 않는 여자다
목에서 다리까지 훌렁 벗겨져 내리는
이 뻔한 몸을 가지마다 벌목해 살아왔다
옹이마다 손 짚어 오르기만 했던 날들이 부끄러워져서
어머니를 어머니가 아닌 여자로 만나
염을 하듯 어둠을 열어 닦는다

뼈마디 하나하나 닦아내고 문지르다 문득
저 삶으로의 이장인 듯 여겨져서
그만 비누 거품으로 눈 비비고 만다

장롱 이야기

입주가 한창인 신축 아파트
잔디밭 구석에 장롱이 서있다
선반 사다리가 20층을 내려오고
이삿짐 차는 저녁을 부리고 빠져나간다
오래된 장롱은 서랍을 무릎처럼 받치고
비스듬히 기울어져 목을 빼고 있다

먼 길 어지럼증인지 팔 한쪽을 게워낸다
빼곡한 옷들의 무게를 버텨왔을 장롱,
뼛속까지 스며드는 바람을 견뎌보지만
이미 수평을 잃은 지 오래
마디마디 삐걱거린다
흰 옷걸이는 좌우 어깨를 흔들어
불안한 중심을 잡는다

엇나간 옷들 붙잡고 털썩
주저앉고 싶은 나날을 견뎌왔을 것이다
뜯기고 흐려진 내력을 덜컹이며
마지못해 따라나섰을까 관처럼 박혀
서랍은 좀처럼 열리지 않는다

때로는 날 선 모서리로
가족들에게 호통을 날리기도 했지만
넓은 등으로 벽의 균열을 가려야 했을 것이다
지금은 폐기물 서열에서도 밀려
최대한 몸을 낮추고 있다

아파트 현관 비밀번호는 수시로 바뀐다

제삿날

솔기 닳은 입들이
신발 속 깊어져 온다

얼키설키 서로의 밑창을 드러내는 것들은
바꿔 신어도 상관없을 그 발에 그 생이다

어머니는 손바닥을 부적처럼 접어 넣어
신발 속을 어루만져 돌려 놓는다

칠 남매 북쪽을 향해 엎드릴 때
삶의 뒤축으로 박혀 든 못들이 울컥 치밀곤 한다

가족이란 삐걱거리는 마루 같아서
들어맞지 않는 서로의 아귀는 눌러 앉힐수록
그 모서리를 세우기도 한다

펌프샘보다 깊은 가슴 밑바닥을 끌어올려
꺽꺽거리는 울음도
문짝처럼 덜컹거리다 모로 누운 등도
한 이불을 당겨 살았던 시절로 발 뻗는 겨울

사주팔자 일곱 켤레의 깊은 입속을
일일이 들여다보던 맨발의 어머니는
코끝 찡한 새벽을 떼어 나눈다

모난 귀퉁이끼리 맞대어 여며준다

제2부

하산하지 않은 길

산길에
삭아가는 구두 한 켤레 놓여 있다
한때는 딸린 식구가 많은 가장이었는지
어린 풀꽃들이 기대 살고 있다
목덜미를 물린 짐승처럼
세상길 따돌리고 들어
저를 깊이 돌아보았을 순간이
고요히 벗겨져 있다
산새들의 노래로 바람의 날개로
다 내어주고도 놓지 못한
기억 한 줄 묶어두고 있다
아픈 기억의 끈을 가만히 당겨준다면
그때 하산하지 않은 길 하나
아득히 사라질까
구두는 비로소 구두를 벗을까

뒤란

넓은 등에 업히고 싶을 때면 뒤란으로 갔다
뒤란은 집의 등이어서
앞마당에서 벌어지는 일들로 맘 상할 때면
어린 나를 등 뒤로 숨겨 주었다

내 귀는 가지처럼 길어져서
앞마당을 엿듣고도 못 듣는 척했다

담장 밑으로 뱀 허물 잦아들고
지붕의 박꽃 얼굴이 우는 듯해 보이면
어김없이 저녁은 왔다

앞마당 소리들이 툭툭 분질러져
굴뚝 연기로 피어오르면
마음이 메케하고도 먹먹해졌다

두어 번의 부르는 소리가
뒤란으로 난 문턱에서 끊기곤 했다

아무도 날 찾지 못한 곳에 숨는다 해도

누군가는 찾아줄 거라 믿었다

모르는 척 나가지 않은 것을
후회하면서도 번번이 숨을 일이 많았다
점점 나를 들키기 좋은 곳으로 숨기는 방법을 알아갔다

사는 일로 인해 맘 다칠 때 문득 뒤란을 생각한다

등이 넓은 뒤란이 없다는 걸 안 후부터
누가 부르지 않아도 두 손 들고
마당으로 나와 산다

밥

소금쟁이가 사르르

물살을 일으켜

하늘의 뉘를

일일이 일어내더니

구름 두어 뭇

풀어 지피더니

연못 쟁반에

고슬고슬

수련 몇 그릇,

몰려드는

몰려드는

저 푸른 입들 좀 봐

돌아보다

대문을 닫고 들었는데
몇 걸음 떼고 돌아보면
반쯤 열려 있다
다시 한 번 꼭 닫고 들었는데
몇 걸음 떼고 돌아보면
반쯤 열려 있다
바람 한 점 없는데

딱 한 사람이 들 만큼
열리는 것이다

너를
꼭 닫았다고만 믿었다
매번 열리는 마음의 문을
어쩌지 못하고
자꾸 돌아보게 된다

팽이 돌리는 골목

아이들 몇이 팽이를 돌린다
오랜만에 휘둥그레진 골목의 눈들도 돌린다

오래된 아파트의 상가
붙여도 읽지 않는 것들이 출입문을 펄럭거리며
뗄 수 없는 관계로 붙잡고 돈다

오른 다리가 짧은 자전거포 주인은
부러지거나 주저앉은 것들을 부풀려
울퉁불퉁한 골목을 깎아 돌린다

알뜰가게 전주 아줌마는
붉은 대야에 더 붉은 양념을
매운 눈물 몇 방울 섞어 비비고 있다

팽이는 돌고

제 이명에 파리채를 휘두르는 김 노인은
바나나처럼 거뭇거뭇해져서
등이 무른 사과 몇 알 돌려 앉힌다

소망피아노 음 밖으로
어린 치마가 빙글빙글 펼쳐져 나온다

도는 곳이 세상의 중심이다

돌다가 팽이임을 잊어버린 팽이,
비워 낼수록 끌어당기는 구심력으로 버틴다

넘어져 본 이들만이 하늘 한끝 붙잡고
외발로 버틸 줄 안다

막배

그의 집은 오래 이엉을 벗지 않았다
유물처럼 언덕에 남아
연기 한 줄 마을로 내려보내곤 했다
허청 앞에는 비스듬히 닳은 구두 한 켤레
뭍에서 흘러왔다는 귀엣말만 돌았다
절뚝거리며 사내는 지게 짐을 져 날랐다
멸치잡이 배를 따라나섰고
초상집 무덤 자리를 파내기도 했다
어른들은 사내를 남 씨라고 불렀다
태풍은 언제나 허청 지붕에서 일었다
들썩이는 용마루에 오른 사내는 번번이
바람길 멀리 떠나는 듯 위태해 보였다
한동안 그가 내려오지 않았고
마을 사람들 소문처럼 언덕을 올랐다
처음으로 언덕에 불이 환했다
작은 봉분 하나 짓고 파도 소리로 다독여 주었다
심지 깊은 달빛 하나도 걸어두었다
해무 자욱한 날에 올려다보면 허공으로
무인도 하나 언뜻언뜻 떠오르곤 했다
아득한 기슭에 매어두었을 구두 한 척 내내 철썩거렸다

막배가 닿고 철새 한 마리 노을을 건너온다
문득 사내의 펄럭거리는 등을 생각하는 해 질 녘

너무 고요한 고요는 슬프게 읽힌다

발버둥도 깊어지면 고요해 보인다
아무 일 없다는 듯

저수지가 잔잔한 표정을 지어 보이는 것도
깊이 수장된 발버둥을 들키지 않으려는 것이다

구름이 머뭇거리는 눈길을 따라 내려가면
어디 한 군데씩 부러지거나 망가져서
등 떠밀린 것들이 뿌리내리고 있을 것이다

가라앉은 것들의 기척으로
하늘 미간이 주름지고 있다

너무 고요한 물결이 일순간에 일까 봐
바람도 한 호흡으로 지나간다

쩍쩍 갈라진 바닥을 말하지 않으므로
부러지거나 망가진 팔다리를 밀어내지 않으므로

사람들은 물이 참 잔잔하다고들 한다

개펄의 아이들

감나무 가지가 달빛을 뻗어
문고리를 잡는 날이면
아버지의 귀가를 점치며 나는
창호지 문살마다 푸른 감잎 귀를 매달았다
어둠은 끌어당길수록 점점
작은 맨발을 밀어냈고
파도를 넘어올 아버지의 뱃길은 요원했다
벽의 균열을 따라 펄럭이던 동생들의 그림은
풍랑의 돛처럼 붉었다
개펄의 안개 속에서 어머니는
먹물을 품고도 좀처럼 열리지 않는 것들을
속내처럼 소쿠리 가득 채웠다
게 구멍만 한 일상을 차오르며 우리는
화덕 솥 밀수제비처럼 끓어올랐다
아버지의 수평선은 아득했고
턱없이 짧은 이불 밖으로
우리의 맨발이 뻗어 나갈수록
어머니의 등에는 덧대어 꿰맨 별들이 총총했다

이 층에서 내려다본 골목 풍경

밤중에 작은 용달 하나가 들어

종이 박스 몇 개와 플라스틱 서랍장과

접힌 상다리와 밥솥과 보따리 서너 개와

아이를 업은 여자와 일곱 살쯤의 남자아이와

깡마른 남자를 내려두고는 덜덜거리며 뒷걸음질 치자

골목이 뒤척 돌아눕는다

몇 개의 박스가 서로를 딛고 올라 창살이 된다

하나가 흔들리면 결국 다 무너지고 말 것들은

어느 밤을 또 갈아타고 불쑥

더 깊은 골목을 향해 가야 할 듯

세간을 풀어내지 못하고 있다

어둠을 딛고 온 남자가 내려서자

방 안으로 야광 별이 빛나고 아이의 머리가 뛰어오른다

남자의 목 늘어진 옷이 걸리고 이내 잠잠해진 단칸방은

고단한 막차의 창을 달고 이 골목에 정차한 것이다

종점을 향해 가고 또 갈 때까지

저 별은 저들의 꿈을 따라나설 것이다

입구와 출구가 하나인 골목의 품이

오늘 밤은 더욱 비좁아 보인다

담쟁이의 내력

돌담도 늙는지
점점 낮아지고 있다

빈 젖 물고 크는 것들처럼
담쟁이만 무성하다

넝쿨의 내력을 따라가 보면
먼 길 내달리려던 발자국 하나 있다

담장 위에서 번번이 덜미 잡힌 목덜미가 있다

한 발짝만 헛디뎌도 줄줄이 딸려 넘어지는 것들을
끌고 가는 등이 있다

파도치는 담장 기슭으로
아득하게 뻗어 내린 푸른 맨발들

후드득후드득 빗소리로
발 동동 굴러 우는 입들

줄줄이 매어 달고
길 없는 길을 내어 가는 걸음이 있다
구름 길 멀리 내빼지 못한

내 아버지가 있다

빈집

누군가 끊고 떠난 전선의 마디는
담장 밖을 꿈꾸는 중이다

그도 철 대문을 박차고 나갔을까
뒤돌아보는 맘 애써 외면한 채 떠났을 젊은 날은
고쳐 매지 못한 운동화 한 켤레로 남아있다

한때는 꽃대를 밀어 올려 씨앗을 퍼트리고 싶었는지
풀들이 억센 뿌리로 집의 발목을 휘감고 있다

시멘트가 채 굳기도 전에
가장 뜨거운 첫발을 잘못 디뎠을까

깊은 발자국으로 가끔 빗소리는 고였다 갔겠다
그때마다 개줄에 묶인 집은 컹컹거렸겠다

기다린다는 건 어쩌면
영 오지 않을 수도 있다는 마음 다독이는 일인지도 모른다

빈집은 팔 흔들어줄 바람 두어 벌

일부러 걸어둔 것이다

철 대문은 그래서 마당 안쪽으로 깊어져
반쯤 열려 있는지도 모른다

속도의 벽

뒷골목의 마지막 몸부림은
마침내 선 바깥으로 발부터 내밀었다
넘지 말아야 할 중앙선을 넘었다
길은 순간 출렁,
매듭 하나 더 단단히 묶어
곁눈질로 달렸다
터럭 한 올까지의 귀를 곤두세워
어둠과 맞짱 떴을 눈,
아직 절반의 하늘을 감고 있었다

고양이의 사인은 끝까지 미궁이고
벌레들 의문의 몸짓으로 꼬여 들었다
허기에 눈멀어 그도
건너편 쓰레기통으로 꼬여 들었던 걸까
치열한 사투 끝에 막다르면
살점을 내어주며 바짝 엎드렸을 것이다
제 몸 모든 날을 세워 들고
막판에는 두려움과 맞서 덤볐으리라

분명하게 덧칠된 중앙선을 넘어

나란한 네 발이 경계에 지문을 찍었다
그가 밟아온 녹슨 페달은
가장 높은 벽을 박차고 올라
차르르 구름을 굴리며 갔을까
속도의 벽을 넘어 이제 그가 보는 세상은
금지선 밖의 풍경이었을까

유리 벽

허리 23에 몸무게 45
푸른 원피스가 벗겨지네요
어깨와 다리 그리고 목이 꺾여요
바닥에 놓인 입술은 더 붉게 웃고요
유리 벽 안에서 그녀가
풀렸다 다시 조여들고 있어요
뼈와 뼈의 간극으로
나사못의 날카로운 소리가
가슴을 파고들어요
통증의 중심에 다다를수록
붉은 미소는 절정에 이르러요
몸통에 팔다리가 끼워지면
가장 차가워진 머리가 오르죠
그때 얼굴은 몸의 소리를 외면하죠
그녀는 눈도 귀도 멀어요
감고 보아야
유리 밖 세상을 바로 볼 수 있는 걸까요
언제 들어왔는지 나방의 날갯짓이 흐느적거려요
허리 23 몸무게 45
다시 분홍 치마 돛을 올려요

지나치게 푸른 오후

수많은 구름은 그저 스쳐갈 뿐이고요

독감

배를 활짝 연 고등어에
소금을 뿌린다
이제 알맞은 간이 밸 것이다
고등어와 소금이 서로를 조금씩 내려놓는 일이다

세상의 식탁에 오르는 일은
스스로를 조금 내려놓아야 하는 것일지도 모른다

지독한 독감으로 몸 이리저리 뒤채며
속속들이 항생제에 절어있다
이제 적당히 짭조름해질까

퍼득거리던 푸른 지느러미 가라앉혀
어디라도 오롯이 오를 일이다

생소한 너를 받아들일 일이다

내가 고등어를 간 볼지
절여진 고등어가 나를 간 볼지는
알 수 없다 그렇게 길들여져 갈 뿐

고등어도 한바탕 몸살을 앓겠다
온몸 욱신거리겠다

사랑

새 한 마리

난간에 앉았다

가깝고도 먼 거리다

다가설 수도

물러설 수도 없다

서로를 염려하는

깊고 푸른 찰나

나뭇잎이 훅,

한 호흡을 가로지른다

위태로운 난간은 아직

나와 새를

한 선으로 긋는

밑줄이다

아, 이 아슬함이란

못

헌 옷 한 벌 목을 빼
휘어진 못을 붙잡고 있다

빈 주머니는 갈수록 귀를 넓혀 연다
어머니는 그 주머니를 들락거리며
혼잣말처럼 작아지고 있다

탯줄만 한 손잡이를 당겨 들어
밤새 주머니 속 시간들을
뒤지는지도 모른다

어머니 냄새가 점점 비릿해진 것은
집의 늙은 혈관이 벽을 흐르다
못 끝에 울컥 고여 든 때문이다

벽은 못을 점점 밀어내고
옷 한 벌 안간힘으로 버티는 중이다

쉬 흘러내릴 생의 목덜미 하나
간신히 걸려 있다

제3부

줄을 서다

정오의 무료 급식소,
늘어진 식판들이
햇볕 부스러기를 받아 들고 있다
목구멍에 걸린 하루를 말아 넘기려는 듯
날개 접은 새에게 눈길을 보내거나
시든 풀잎을 깨워 주거나
매미가 식은땀을 흘리는 것 등은 상관없이
한 줄로 서야 사는 이치를 이제야 깨달은 듯
식판을 들고 정오를 넘어서는
저 부르튼 신발들

정육점에서

목에서 배꼽 아래까지 단추를 다 열어버린
돼지 한 마리
번지점프 태세로 고리에 매달려 있다
붉은 통 안에 든 내장은 정육점 앞을 서성이는
파리한 발걸음을 따라 몇은 저녁 길로
몇은 남아서 뒷골목의 막막해진 내일과
소주잔 부딪칠 차례를 기다린 것이다
채우고 살았던 단추 수만큼의 핏방울이 뚝뚝
지상의 맨바닥을 걸어나갈 뿐

빌어먹을, 전을 벌여놓을 자랑거리도 없지만
붙잡고 사는 것이 무엇인가에 대해
붉은 불빛 아래 머리 따로 몸 따로
속까지 게워내고만 싶다
걸어놓은 장롱 속의 옷처럼 새까만 생각을
홀랑 벗어버린 몸으로 정육점을 맴돌았다
조금씩 일상을 떼어가는 게
진열장을 맴도는 파리와 별반 다를 게 없다는
이 모진 염치와 함께

풍경

은행나무 아래 저 노인

두 팔 등짐 지고 간다

입김 후 불어 마지막 발 도장 찍고 간다

삼베옷 여며 입고 간다

그림자와 한 몸이 되어 간다

한낮의 집들은 봉안당 유리문 한 장씩 펄럭이고

무표정의 하늘이 조문하듯 비치다 간다

상가 마당에 뒤엉킨 신발들처럼

은행잎 우우 벗겨져 있다

열두 폭 그림 속 붓끝처럼

저 노인 노란 병풍 길 스쳐 간다

은행나무를 배경으로 이승과 저승이 나뉘어

눈 비벼 뜨면

그 경계가 사뭇 흐릿하다

손금

손에서 진땀이 난다
몇 년째 웃자란 뱅갈고무나무
그 곁가지를 아직 쳐내지 못하고 있다
천장에 닿고도 삐딱하게
옆으로 뻗어가는 중이다

저렇게 웃자란 가지 끝에 새삼
속살을 틔웠다 고목처럼 섰지만 실은
먼 길 뜨겁게 끌어올렸을
여린 잎, 나무의 첫 마음일까

푸른 피 가지 끝에 닿기까지
뿌리는 맨발을
어둠 깊이 디뎌야 했을 것이다

전지가위 끝까지 흔들리는 마음을
애써 꽉 움켜쥐고 살아서일까
비밀선 하나 깊고 선연하다

곁가지로 뻗어 중심을 벗어나 버린

멀리 가야 깊이 만날 수 있는 길,

뱅갈고무나무 그 한 잎에는
운명선을 이탈한 손금이 자란다

끌어안을 수도
그렇다고 쳐내지도 못하는

내 어깨에 기댄 고무나무 이마가 차다

고요

어머니가 밥 한술 그릇 속으로 기운다

그릇이 어머니를 온전히 비워낸다

젖은 새가 날자

토란잎이 불고

비손의 항아리는

낡은 집의 속울음을 재운다

집이

빈 그릇처럼 엎어진 밤

뚝뚝, 살강에 물 듣는 소리

집

평수를 넓히고
닫힌 문들도 서로 멀어져
저마다 속내를 걸었다

바람 샐 틈 없는 이중창문으로
달은 제 살을 파내며 날카롭고
우리는 손발톱을 바짝 깎아내는 버릇이 생겼다

도무지 열지 않는 서랍 같은 관계
다만 출금 내역의 자동이체 통장들로 한데 묶였다

서로를 간절히 열어본 적 없지만
여기가 집이므로 우리는 가족이다

까치발 한 가구들처럼
모르게 옆구리마다 긁히며
등이 되는 것들이다

이따금 견고한 문도 덜컹거린다

바짝 잘라낸 발톱이 살을 파고든다

구직로 69길

불빛 달그락거린다

김 새는 밥통 뚜껑을 꾹

침묵으로 누르던 그는

젓가락으로 구직란에 밑줄을 긋는다

밑줄 위로 밥그릇이 놓이고

김치 국물의 방점을 들여다보는 밤,

경사를 내려온 계단은 간간이

불씨를 비벼 끈 채 앉았다 가고

마주해서 더 묵묵해진 창들

서로 바람을 닫았다

정보지를 넘기듯

쪽문 몇 열렸다 닫힌다면

행간에 붉게 덧칠된 별 몇

골목을 빠져나갈까

그믐달

아버지의 손톱을 깎다가

엄지에서 기우는 달을 보네

딸의 언덕길 몇 걸음 앞서

목울음으로 오르던,

거친 풍랑을 헤쳐 와서는

감나무 가지 끝에서 숨 고르며

기우는 마당을 겨우 밝히던,

모르는 척 홍시 두어 개 똑 따 주던,

새벽 문살로 하염없이 깃들어

어린 것들 이마를 짚어주던,

아버지의 손톱을 깎으며 보네

병실의 초침을 힘겹게 들어 올리는 달

처마 끝에 맺힌 물방울의 눈

버려야지, 버려야지 하면서도
어머니는 항아리를 쓰다듬네요

끝없이 깊은 밑바닥까지 파고들어
끼니를 긁어낼 때마다
마저 뛰어내리고 싶었던
기억 속에서 어머니 도리질을 하네요
항아리에는 귀 먼 메아리가 살죠
들릴 때마다 아득해져서
다시 돌아오지 않을 것 같은 소리 말이에요

더는 헤적이지 마세요 어머니
햇볕 들지 않는다 해도
비구름 비껴간 저녁처럼
이제 저 항아리가 빈집을 품고
마침내 어머니조차 품을 줄을 알아요
그래서 버릴 수 없다는 것도 알아요

빈집 메아리 온종일 길어
저녁을 안치고 구름 피워 올리는

귀도 멀고 이 빠진 항아리
짜고 매운 생채기를 꽉 다물고 있네요
여자를 지나서도 뒷물하는 여자처럼
돌아앉아 하늘 밑을 헹구어 보이네요

저 낡은 처마 끝에 맺힌 물방울 하나
항아리를 들여다보고 있을 뿐이에요 어머니

장대

낮은 지붕들이

머리를 조아릴수록

더욱 가파른 언덕길로

폐지 더미를 쌓아 올린 수레가

한 노인을 밀어 올린다 쏟아질 듯

먹장의 하늘을 장대처럼 골목은 받치고 섰다

죽비 소리

한 노인이 깨를 턴다

허공의 낟알이 털린다

미어터지도록 가득 찬

죽비 소리다

깨치고 깨쳐도

깨치지 못한 소리다

한 차례 폭풍으로

깨알 다 털린 생,

탈각을 꿈꾸는 빈 몸으로

죽비 내치고 있다

달의 배웅

뒷골목 끝까지 밀려난 구멍가게 하나
아직 살아있다 아흔여섯과 일흔넷이
복숭아처럼 물러가고 있다
그늘이 질척거려서 찾는 사람이 없다
어쩌다 개척 교회 젊은 목사가 들었다 가고
고양이들이 죽은 털을 솎고 간다
일흔넷이 아흔여섯을 평상 끝에 업어다 말리는
말렸다 노을 너머로 들이곤 한다
적막이 풀처럼 웃자란 집은
모서리란 모서리는 다 닳아서
내려앉은 잇몸으로 딱딱한 시간을 녹여 살고 있다
눅눅한 뒷방은 오봉 밥상의 오금을 간신히 펴
닳은 수저로 어둠을 파먹고 있다

죽은 내 아버지가 살아있는 곳,
앙상하게 솟은 어깨가 살고
거뭇거뭇한 손등이 살고
하지 정맥의 흰 다리가 산다
생의 뒤편으로 비껴난 흐린 눈빛이 살아간다

어쩌다 들러서 무른 것들 죄다 담아 오는 길

잇몸 움푹 꺼진 달 하나가 몇 걸음 뒤를 밟아오곤 한다

우리들의 만득이

바닷가 외딴집 만득이

쉰 넘도록 장가도 못 갔네

마을 상여 앞장 메고 인디끼, 인디끼,

농악 패 깃발 들고 인디끼, 인디끼,

지나가는 똥개에게도 넙죽 인사했네

여자애들은 아랫길로 달아나고

남자애들은 숨어서 돌멩이를 던졌네

마을 소를 찾아 뒷산 오른 만득이

메아리만 두어 번 내려보냈네

청보리 길 활짝 열어두어도

외짝 고무신만 내려왔네

검은 옷의 새들이 서둘러 조문 왔네

저녁 해는 만득이네 담장으로 막 조등을 켰네

철썩철썩 섬 기슭을 치는 고삐 소리

밤새 돌아왔네

청산도

죽어서도
지키고 싶은 곳을 안다

못 말릴 사랑 하다
끝내는
저 혼자 섬이 될 곳을 안다

외따롭고
외따로워서
사랑하고 말 곳을 안다

외따롭고
외따로워서
그 사랑 보낼 곳을 안다

떠난 자리
죽어서도
지키고 싶은 곳을 안다

숫돌

무딘 것들 아래 납작 엎드려
살아가는 날을 벼렸던 게 아니라
살점 베어내는 날을 견뎌냈을 것이다
저미고 스민 것들 뼛속까지 품어내다
잘록한 숫돌이 되어 올라가신 아버지,
벼리고 벼렸어도 여전히 나는
풀숲 한 길 헤쳐 가지 못하는
무딘 날인 것이다

제4부

수취인 불명

목련이 핀다

돌아온 편지
다시 읽지 않은 오후

불분명한 주소지를
서성였을 활자들

구겨진 모음 자음이
마음까지 한꺼번에 펴 보인다

수취인 불명의 목련은
해마다 같은 주소지에서 돌아온다

여름밤

화덕 솥에 죽이 끓으면

서둘러 별들 내려왔지

수저 하나씩 물고 온 별들

죽 끓듯 반짝였지

어머니가 대접마다 퍼내기도 전에

와르르 솥으로 쏟아졌지

그릇 바닥까지 긁어댄 수저들

마당가 하늘에 담가두었지

여름은 빈 솥에서 깊었지

쟁기질

반년 만에 아재는 언덕을 오른다
돌섬 머리 자갈밭
공장 벽을 타오르다 깨진
소주병의 눈이
쟁기 날을 퍼렇게 벼린다
채널마다의 탁상공론도
쟁기 날에 찢기는 자갈의 소리도
허물어진 한쪽 밭두렁이나 다질 일,
버려진 돌밭에 쟁기 날을 꽂는다
핏발 서 새살 차오를 땅
쩡쩡, 산을 울리며 아재는
돌이 된 가슴도 갈아엎는다

홑청은 마르고

연필을 깎는다
식탁 위 소파 옆 침대 머리
손 닿는 어디든 연필은 곤두서 있다
여기저기 접어놓은 갈피
어제는 찢고
오늘은 뜯고
내일은 구겨도 좋으니
마침표를 찍고 싶다
밤새 머리맡 등을 켰다 껐다 하며
잠 속까지 사각사각 갉아 먹혀
기어이 필라멘트 끊긴 아침
쌀알 흥건해진 낙서 털어 넣어
삼층밥을 짓는다
내리쳐도 떨어질 줄 모르는 낙지의
징그러운 집착을 떼고
그만 꾹꾹 눌러 심을 부러뜨릴까
뒤꿈치 닳도록 아싸, 노래방에서
막춤이나 출까
번번이 연필심을 세우지만
나날의 옆구리만 후벼 파고 있다

말라가는 홑청에 찍
새똥이라도 좋으니
더는 그저 넘겨지고 마는
여백은 아니었으면
그냥 마르지는
않았으면

밤바구미

어머니 평상에서 밤을 치네

바구미 한 마리 흘러나오네

밤의 눈물이네

꾸물꾸물 젖은 길을 물어 가네

밤 속을 다 읽었다는 듯

겨우 한 걸음 떼는 데도

몸이 몸을 당겨쓰네

저 걸음을 흉내 낸 적 있네

어머니는 한나절 밤을 치고

그녀의 눈물인 나는

여전히 평상을 빠져나가지 못하네

봄을 펴다

옥상 빨래가 바람의 결을 읽네

골목의 개가 바람의 행간을 가네

동사무소 국기가 바람 한 장 넘기네

오후 3시가 펄럭, 펼쳐지네

마당가 왕벚나무의 졸음 하나가

꾸벅, 지네

밥맛

음식물 쓰레기통을 열어보고
한여름에 솜 누더기를 걸친
땟국 절은 걸인을 멀찌감치 돌아
전도사가 전도지를 나눠준다
걸인을 데리고 식당으로 들어서니
식사 시간이라 안 되고
손님들 밥맛 떨어져 안 된단다
뒷문 밖에 숨어 먹이겠다고
딱 한 그릇만 팔라 했더니
개시라서 안 되고
재수 없어서 안 된단다

정말, 안 되고 안 된단다
빌어먹을 밥맛이다

너를 간 보다

냉동실 생선 한 마리 녹여
불에 올리고
파 마늘 무 양파
성질 다른 줄기 뿌리들 잘라 넣고
매운맛 쓴맛 단맛이
어우러질 때쯤
생선 비린내 잊힐 때쯤
내 아집 꺼내 숭숭 썰어 넣고
들썩이던 뚜껑 잠잠해지면
슬며시 앉은 헛기침에게
찌개 그릇 살짝
밀어주는 거야
짜나 싱겁나
모르는 척 한번
떠먹어 보는 거야
뜨거운 찌개 그릇 속에서
수저끼리 어깨 스치는 거야

부화

손톱만 한 꽃망울이

허공의 막을

콕콕 쪼아대더니

꽃발 하나

꽃발 둘

밀어내더니

젖은 솜털

바람이 핥더니

막 첫발 떼는

개나리,

숨죽이던 나무는

공중에 길 하나 그어두었네

너를 보내고

저 산 어깨가 흔들리는 건

그 너머 산 하나가 아득해지기 때문이다

들길이 고개 떨구고 혼자 내려오는 건

내려오면서 자꾸만 뒤돌아보는 건

길 하나가 언덕을 막 넘어가기 때문이다

기슭에 주저앉은 노을 눈 그렁해지고

손 흔드는 막배는 멀어져 간다

떠난 것들의 등에서 저녁은 온다

지상의 별들

물결아, 파도야, 얼룩아, 비누야, 달래야
소심아, 노랑아, 배웅아, 마중아

이름이 생긴 고양이들 발걸음은 사뿐하지

차 밑 풀섶 담장의 어둠을 열고 오지

아득아득 밥 먹는 소리에 아득히 별들 돋지

꽃잎 혀를 내밀어 적실 때마다

물통 속 달 옆구리가 다 녹아들지

그래, 그래, 서로의 긴 하루에 대해

눈 지그시 감아주지

그래, 그래, 기약할 수 없는 내일에 대해

눈 지그시 감아주지

안녕, 돌아보며 밤새 흘린

고양이 발자국마다에서 쇠별꽃은 피어나지

너의 섬이 되려 해

네게

썰물 한 장 길게

써 보내놓고

뒤척이다

든 잠 속을

다녀간 거니

매어있는 달 한 척

풀어 밤새

파도를 넘어온 거니

네 발자국마다

갯메꽃은 피어

아침부터 모래톱을

혼자 걷는다

상서리* 돌담

거센 바닷바람에도
돌담은 쓰러지지 않았다

큰 돌 작은 돌 모난 돌들이
엎드리고 오르고 짚어
성근 틈을 쌓았기 때문이다

돌담을 쌓는다는 건
바람을 막아서려는 게 아니라
바람이 빠져나갈 길을 열어두는 것이다

가만 보면 큰 돌을 들어 올리고 괴는 건
작고 모난 돌들이다

이 모양 저 모양의 것들이
한 목소리로 살아가는 돌담,

바람 지나간 볕 좋은 날 그들은
틈과 틈으로 휘파람을 불어준다

담쟁이 손 높이 뻗어

달빛을 떼어 나누며 산다

* 상서리: 완도군 청산면 상서리(돌담마을).

주도*

물푸레나무
상수리나무 벗나무
졸참나무 자귀나무 팽나무
광나무 가시나무 참식나무 돈나무
느티나무 사스레피나무 붉가시나무 고란초
모밀잣밤나무 다정큼나무 까마귀쪽나무 감탕나무
비쭉이나무 생달나무 검양옻나무 소사나무 딜꿩나무

울울창창해서

아무나 발 들일 수 없는 곳이죠

단 한 그루 나무도 베어낼 수 없어요

닿을 듯 닿지 않는 거리에 있지요

물러서 보아야 더욱 아름다운

섬,

한 사람을 사랑하는 일도

마음 돌아 나오는 길 잃어버린

원시림 하나

저만큼 두는 것

아니겠어요

---

* 주도: 전남 완도군 완도읍 군내리의 섬으로 천연기념물 제28호다.

끝물

버스 승강장에 나앉아
쪽파 반 단, 상추 몇 잎
감자 한 소쿠리, 콩 한 줌을 놓고
고구마 순을 벗겨 내는 굽은 손이 있다
바로 앞 베스킨라빈스로
아이스크림들 혀처럼 드나들고
나이키 아디다스 수없이
버스를 오르내린다
가랑비에 젖어 드는 건 승강장뿐
발목들은 아무도 젖지 않는다
볼품없는 것들 죄다 떨어 서는데
한사코 손 끌어 붙잡아
깊은 속주머니 동전 두 알 거슬러 준다

내일은 못 올지도 모른다는 주름진 말,
그 말이 왠지 꺼끌꺼끌거려서
사리 같은 동전 뜨겁도록 만지작거리는 길

돌아보면 저만큼
쇠풍경 소리 흘리며 멀어지는 생이 있다

출구와 입구가 하나인 실낙원의 풍경
—유은희 시인의 시에 대한 소략한 감상문

복효근(시인)

> 너무 멀리 와버린 길에서 문득 뒤돌아보면
> 내 마음의 막다른 골목 끝으로
> 파랑 쪽문 하나 여전히 열리네요
> 　　　　—「그 겨울 골목은 따뜻했네」 부분

1.

유은희 시인의 시는 짙은 페이소스를 바탕으로 하고 있다. 그럼에도 불구하고 그녀의 시를 비극적 세계관으로 설명하거나 비관적 색채로 설명하는 것은 적절하지 않다. 설사 그러한 해석이 유효하다면 방법적이거나 잠정적이다. 왜냐하면 그녀의 시가 품고 있는 서사가 어둡고 시에 사용한 언어적 질료가 많은 부분 하강적 이미지를 담고 있다 하더라도 시가 궁극적으로 지향하고 그리고자 하는 풍경은 오히려 그 반대쪽을 가리키는 경우가 많기 때문이다.

우선, 유은희 시인이 바라보는 현실은 어둡다. 때론 고통스럽다. 어느 시대건 시인들의 눈에 비친 세계는 대부분 그러했다. 이는 시의 출발점이기도 했고 시가 우리에게 존재하는 이유이기도 했다. 부조리하고 무미건조할 뿐 아니라 절망적이기까지 한 현실 속에서 시인은 운명적으로 그것들을 부여안고 처절하게 절망하고 가장 낮은 곳으로 추락하여 상처를 핥으며 살아야 한다. 유은희 시인 또한 예외가 아니어서 그러한 현실을 어떻게 살아내고 인식하며 그것을 어떻게 언어로 표현하였는지, 그녀만의 세계 어디에 도달하였는지 그 궤적을 대강이나마 살펴보고자 한다.

목련이 핀다

돌아온 편지
다시 읽지 않은 오후

불분명한 주소지를
서성였을 활자들

구겨진 모음 자음이
마음까지 한꺼번에 펴 보인다

수취인 불명의 목련은
해마다 같은 주소지에서 돌아온다

—「수취인 불명」 전문

시인의 시집 여러 곳에서 신산한 풍경들이 펼쳐진다. 봄이 되어 새봄을 알리는 전령사인 목련이 피어도 시인은 목련꽃에게서 기쁨보다는 그 반대의 표정을 읽는다(『수취인 불명』). 목련은 시인에게 "해마다 같은 주소지에서 돌아"오는 "수취인 불명"의 편지이다. 수취인은 불명이고 나는 "돌아온 편지"를 "다시 읽지 않"는다. 수취인과 나 사이의 불통은 해마다 반복된다. 도무지 그도 받아 읽지 않고 나도 또한 그 편지를 다시 읽지 않는다. 불화와 무관심과 불통의 세계 속에서 물리적으로만 봄을 맞이하는 것이다.

불통과 불화의 세계 인식은 시인의 시집 곳곳에서 발견된다. 시인의 "집" "평수를 넓히고" 나서 그와 함께 "닫힌 문들도 서로 멀어"졌다. 그리고 "저마다 속내를 걸어" 잠그고 말았다. 물질적인 풍요가 인간 사이의 간극을 더욱 넓혀 놓아 소통은 그만큼 어려워졌다. "도무지 열지 않는 서랍 같은 관계"로 가족은 분리되었으며 "다만 출금 내역의 자동이체 통장들로 한데 묶였"을 뿐이라고 술회한다. "서로를 간절히 열어본 적 없지만/ 여기가 집이므로 우리는 가족"일 뿐이라고 말한다. 혈연으로 연결되어 있을 뿐 아니라 정서적으로 연대하고 공감하며 소통하는 영육의 공동체가 아니라 출금 내역의 자동이체 통장으로만 연결된 관계로 가족을 규정하고 있음을 본다. 현대인의 집과 가족을 그리는 시인은 당연하게도 "바짝 잘라낸 발톱이 살을 파고"드는 아픔을 느낀다. 불통이 빚어낸 아픔인 것이다.

입주가 한창인 신축 아파트
잔디밭 구석에 장롱이 서있다
선반 사다리가 20층을 내려오고
이삿짐 차는 저녁을 부리고 빠져나간다
오래된 장롱은 서랍을 무릎처럼 받치고
비스듬히 기울어져 목을 빼고 있다

먼 길 어지럼증인지 팔 한쪽을 게워낸다
빼곡한 옷들의 무게를 버텨왔을 장롱,
뼛속까지 스며드는 바람을 견뎌보지만
이미 수평을 잃은 지 오래
마디마디 삐걱거린다
흰 옷걸이는 좌우 어깨를 흔들어
불안한 중심을 잡는다

엇나간 옷들 붙잡고 털썩
주저앉고 싶은 나날을 견뎌왔을 것이다
뜯기고 흐려진 내력을 덜컹이며
마지못해 따라나섰을까 관처럼 박혀
서랍은 좀처럼 열리지 않는다

때로는 날 선 모서리로
가족들에게 호통을 날리기도 했지만
넓은 등으로 벽의 균열을 가려야 했을 것이다
지금은 폐기물 서열에서도 밀려
최대한 몸을 낮추고 있다

아파트 현관 비밀번호는 수시로 바뀐다

—「장롱 이야기」 전문

　　불통의 현실에 대한 비관적 인식은 「장롱 이야기」에서 잘 드러난다. "입주가 한창인 신축 아파트/ 잔디밭 구석에 장롱"은 버려진 가구로 읽히기보다는 산뜻하고 스마트한 거주 형태에 쉽게 편입되지 못하고 물리적으로나 정서적으로 밀려난 늙은(낡은) 가부장을 떠올리게 한다. "때로는 날 선 모서리로/ 가족들에게 호통을 날리기도 했지만" "지금은 폐기물 서열에서도 밀려/ 최대한 몸을 낮추고 있"는 가부장이 그려진다. 물질적 풍요를 좇는 오늘날 현실이 빚어낸 불통은 극단의 인간 소외를 야기한다. "아파트 현관 비밀번호는 수시로 바"뀌어서 좀처럼 이 간극은 봉합되기 어려워 보인다. 기술 문명, 디지털 기술의 발달은 인간 소외를 더욱 가속화시켜 인간적 가치는 홀대되고 몰각하기에 이르렀다. 불통이 절망으로 읽히는 대목이다.

　　신산한 현실 세계에 대한 그의 시선은 여기에서 멈추지 않는다. 시인의 시선은 "정오의 무료 급식소,/ 늘어진 식판들"(「줄을 서다」)에 머문다. "한 줄로 서야 사는 이치를 이제야 깨달은 듯/ 식판을 들고 정오를 넘어서는/ 저 부르튼 신발들"을 본다. 저마다의 색다른 삶이 존중되지 못하고 한 줄로 꿰어져 무한 경쟁의 시대를 살아가야 하는 저층민들의 모습이다. 여기서 "사는 이치"라고 표현했지만 이는 반어적인 표현이라는 것을 우리는 안다. 이치라면 냉혹하고 삭막

한 이치가 아닐 수 없다.

　　허리 23에 몸무게 45
　　푸른 원피스가 벗겨지네요
　　어깨와 다리 그리고 목이 꺾여요
　　바닥에 놓인 입술은 더 붉게 웃고요
　　유리 벽 안에서 그녀가
　　풀렸다 다시 조여들고 있어요
　　뼈와 뼈의 간극으로
　　나사못의 날카로운 소리가
　　가슴을 파고들어요
　　통증의 중심에 다다를수록
　　붉은 미소는 절정에 이르러요
　　몸통에 팔다리가 끼워지면
　　가장 차가워진 머리가 오르죠
　　그때 얼굴은 몸의 소리를 외면하죠
　　그녀는 눈도 귀도 멀어요
　　감고 보아야
　　유리 밖 세상을 바로 볼 수 있는 걸까요
　　언제 들어왔는지 나방의 날갯짓이 흐느적거려요
　　허리 23 몸무게 45
　　다시 분홍 치마 돛을 올려요

　　지나치게 푸른 오후
　　수많은 구름은 그저 스쳐갈 뿐이고요

　　　　　　　　　　　　　　　　　　―「유리 벽」 전문

116

이 시에서 마네킹, "그녀"는 시인 자신의 투사물이고 현대를 살아가는 우리들의 모습이기도 하다. 누가 인간 몸의 사이즈를 규정해 놓은 걸까? "허리 23에 몸무게 45" 비현실적이고 비인간적인 모습으로 인간 신체 사이즈를 규정해 놓았다. 시인은 진열장에 이 마네킹이 조립되어 가는 과정을 그리고 있다. 고객의 시선과 구매욕을 부추길 수 있는 자세로 조립되는 마네킹은 의지와는 관계없이 자본의 논리에 따라 부품으로서 작용하는 인간을 떠올리게 한다. 아픔을 느끼고 호소하는 게 물건 혹은 기계와는 다른 인간 본연의 모습인데 자본의 부품으로서 인간은 이것마저 무시해야 한다. "얼굴은 몸의 소리를 외면"하고 "눈도 귀도 멀"고 눈을 "감고 보아야/ 유리 밖 세상을 바로 볼 수 있"는 역설의 공간에 박제된다. 소외 가운데 가장 무서운 자아 소외 현상 속에 현대인은 살아간다. 우리는 상품화된 미소로 이것을 감추고 오로지 '고객'을 대한다. "유리 벽" 안에서 다른 인간과의 관계는 거래 구매자와 판매자의 관계만 남는다. 스스로를 소외시킬 수밖에 없고 인간관계를 소외할 수밖에 없고 "수많은 구름(자연)"과도 소통하지 못하는 현실 구조 속에서 우리는 산다.

시인은 소외와 불통이 물질적 가치를 우선시하는 자본주의 사회 풍조에서 비롯됨을 간과하지 않는다(본격적으로 소외와 불통을 일으키는 사회구조를 고발하거나 인간의 이기적 속성을 들춰내는 데에 시의 목적이 있는 것은 아니라는 점에 유의하자). "한여름에 솜누더기를 걸친"(「밥맛」) 걸인을 보고, 신의 이름으로 박애와

사랑을 실천해야 할 전도사는 "걸인을 멀찌감치 돌아" 전도
지를 나눠준다. 시인이 걸인을 데리고 식당에 들어서자 "식
사 시간이라 안 되고/ 손님들 밥맛 떨어져서 안" 되고 "개시
라서 안 되고/ 재수 없어서 안 된단다". 시인은 이렇게 돈이
인간보다 앞서는 사회구조 속에서 인간소외가 생겨나는 안
타까운 현실의 모습을 그려내고 있다.

2.

그렇다면 불통과 불화의 현실 세계에 대한 시인의 시적
태도는 어떠한가? 결론부터 말하자면 애써 담담하다. 문
제적 상황에 대해 예외가 없진 않지만, 직접 개입하기보다
는 옛 기억(추억)을 소환하여 간접적으로 어떤 정서를 환기
한다. 그리하여 공감하게 한다. 이번 시집에 두드러진 특
징 가운데 하나가 많은 부분 옛 추억을 불러와 그 추억이 무
언가를 얘기하게 하고 있다는 점이다. 그 추억의 감염력이
사뭇 높다. 시인이 추억을 통해 보여 주는 그것을 삶에 대
한 깊은 이해와 연민으로 요약할 수 있다. 시인은 불화의
세계에 대하여 분노하고 고발하고 절망하는 대신 그 반대
쪽의 풍경을 언뜻언뜻 보여 주고 있는 것이다. 그 목소리
는 결코 호들갑스럽거나 과장되어 있지 않고 차분하고 담
담하며 잔잔하다.

바닷가 외딴집 만득이

쉰 넘도록 장가도 못 갔네

마을 상여 앞장 메고 인디끼, 인디끼,

농악 패 깃발 들고 인디끼, 인디끼,

지나가는 똥개에게도 넙죽 인사했네

여자애들은 아랫길로 달아나고

남자애들은 숨어서 돌멩이를 던졌네

마을 소를 찾아 뒷산 오른 만득이

메아리만 두어 번 내려보냈네

청보리 길 활짝 열어두어도

외짝 고무신만 내려왔네

검은 옷의 새들이 서둘러 조문 왔네

저녁 해는 만득이네 담장으로 막 조등을 켰네

철썩철썩 섬 기슭을 치는 고삐 소리

밤새 돌아왔네
　　　　　　—「우리들의 만득이」 전문

시인이 어려서의 일들을 추억하고 있는 이 시에도 보는 것처럼 소외가 없진 않았다. 바보 만득이는 "쉰 넘도록 장가도 못 갔"고 "마을 상여 앞장 메고" "농악 패 깃발 들고" "지나가는 똥개에게도 넙죽 인사"를 하는 부족한 인물로 그려진다. 어쩌면 죄 없이 순수하다고 할 수 있는 만득이에 대한 시적 화자의 태도는 의외로 담담하다. 동네 소를 찾으러 갔다가 영영 돌아오지 못한 만득이에 대한 소회는 그저 무덤덤하기까지 하다. 그를 안타까이 여기고 연민하는 심정은 '검은 새'이거나 조등 같은 "저녁 해"에 이입되어 간접적으로 나타난다. 그러나 덧없고 변덕스러운 인간의 마음을 직접 드러내기보다는 새, 해, 파도 소리에 감정을 이입하여 표현함으로써 시인이 말하고자 하는 감정은 더욱 항상성을 지니고 진정성을 얻게 된다.

이러한 시적 태도는 시집 곳곳에서 찾아볼 수 있다. 한 발짝 떨어진 거리에서 담담하게 펼쳐 보여 주는 풍광 혹은 옛 기억은 오히려 잔잔한 파동으로 오래 그 떨림이 남는다. "뭍에서 흘러"와 혼자 섬 외딴집에서 살며 절뚝거리는 몸으로 지게 짐을 져 나르거나 멸치잡이 배를 따라나서기도 하고 초상집 무덤 자리를 파는 궂은일을 하는 "남 씨" 이야기에서도 확인된다. 남 씨의 허청 앞에 놓여 있던 "비스듬히 닳은 구두 한 켤레"를 떠올리며 옛 추억을 한 자락 소환하여 펼쳐놓을 뿐이다. 해 질 녘, 기억 속의 그 구두가 파도에 철썩이는 한 척 배로 떠오르고 "막배가 닿고 철새 한 마리 노을을 건너온다/ 문득 사내의 펄럭거리는 등을 생각"(「막배」)하는 것으로 시가 끝난다. 그뿐이다. 그뿐임에도 불구하고 시를 읽고 오래 그 담담하고 잔잔한 진술을 반추하다 보면 솟구치는 연민과 삶의 회한에 몸을 떨게 된다.

시집 곳곳에 등장하는 "구두"는 시인이 시에 담고자 하는 어떤 메시지나 정서의 객관물 상관물처럼 보인다. 작품 「하산하지 않은 길」도 "산길에/ 삭아가는 구두 한 켤레"로부터 시작한다. "목덜미를 물린 짐승처럼/ 세상길 따돌리고 들어"온 "한때는 딸린 식구가 많은 가장"을 떠올리며 "고요히 벗겨져 있"는 신발을 본다. 그리고 묻는다. "아픈 기억의 끈을 가만히 당겨준다면/ 그때 하산하지 않은 길 하나/ 아득히 사라질까/ 구두는 비로소 구두를 벗을까" 의문형으로 시의 결구를 맺은 이 시 또한 그 여운이 길다. 한 사내에 대한 개연성 있는 상상을 담담한 언술로 펼쳐 보이며 삶과 죽음에 대하여 개방형의 답을 찾아보게 하고 있는 것이다.

그녀가 추억 속에서 불러내는 인물은(꼭 추억이 아니더라도) 모두 소외되고 상처받아 아프고 현실에서 밀려난 사람들이다. 재봉틀에 평생을 붙박인 "순덕 씨", 폐지 수레를 골목 위로 밀어 올리는 "노인", 이명을 앓고 있는 "명자 씨", 잡다한 일회용품을 파는 "봉투집 여자"이거나 누더기 보따리를

꼭 끌어안고 있는 "노파", "공장 벽을 타오르다 깨진/ 소주
병의 눈"을 가진 "아재", 그리고 절뚝이는 불구를 가진 "그
녀"…… 시인은 시 한 편 한 편에서 그들의 삶을 기억 속에
서 불러내고 그들의 삶을 시 속에서 살아낸다. 그러나 안쓰
럽고 안타까운 그들의 삶을 함부로 절망하거나 동정하거나
불쌍하게 그려내지 않는다. 시인의 시는 그들의 삶에 대한
깊은 이해에 바탕을 둔 연민의 감정으로 집약된다. 이 연민
의 감정을 '사랑'이라 말해도 좋으리라. 그녀가 대상을 사랑
하는 방식은 대상의 삶에 개입하거나 간섭하는 방식이 아니
다. 시인이 사랑을 정의하는 것을 보자.

새 한 마리

난간에 앉았다

가깝고도 먼 거리다

다가설 수도

물러설 수도 없다

서로를 염려하는

깊고 푸른 찰나

…(중략)…

아, 이 아슬함이란

—「사랑」 부분

시인에 의하면 사랑은 아슬아슬한 난간에 선 새를 바라보는 것과 같다. "가깝고도 먼 거리다// 다가설 수도// 물러설 수도 없"는 거리를 유지하는 일이다. 대상에 바짝 다가서면 타인의 삶에 간섭하거나 개입하는 일이 되고, 너무 멀어져서 그 목소리가 들리지 않거나 모습이 흐려지는 거리가 되면 무관심이거나 외면이 될 수 있다. 시인은 그렇듯 사랑을 적정한 거리에서 "서로를 염려하는" 일이라고 정의한다. 그렇다면 이 사랑은, 연민에 가깝다. 연민을 불쌍히 여기는 마음 정도로 생각하는 경향이 있는데 적어도 여기서 만큼은 사려 깊은 사랑과 동의어로 말할 수 있다. 그러나 앞에서 살펴보았듯이 이 연민은 "다가설 수도/ 물러설 수도 없"는 거리에서 온다. 그의 시가 담담하고 잔잔할 수밖에 없는 이유다.

그러나 "저수지가 잔잔한 표정을 지어 보이는 것도/ 깊이 수장된 발버둥을 들키지 않으려는 것이"(「너무 고요한 고요는 슬프게 읽힌다」)라고 말하는 시인은 '담담하다' 혹은 '잔잔하다'는 표현에 동의하지 않을지도 모른다. 시인은 "사람들은 물이 참 잔잔하다고들" 하는데, 그것은 다만 "쩍쩍 갈라진 바닥을 말하지 않"기 때문이라고 "부러지거나 망가진 팔다

123

리를 밀어내지 않"기 때문이라고 한다. 우리가 그녀의 목소리를 두고 '고요하다, 잔잔하다'고 말할 때 시인의 바닥은 쩍쩍 갈라지고 부러지거나 망가진 팔다리로 절규하고 있는 것인지도 모른다. 타인의 안쓰러운 삶을 시인이 시로써 살아낸다는 것이 그런 것이다. 사랑이란, 연민이란 것이 그런 것이다.

물결아, 파도야, 얼룩아, 비누야, 달래야
소심아, 노랑아, 배웅아, 마중아

이름이 생긴 고양이들 발걸음은 사뿐하지

차 밑 풀섶 담장의 어둠을 열고 오지

아득아득 밥 먹는 소리에 아득히 별들 돋지

꽃잎 혀를 내밀어 적실 때마다

물통 속 달 옆구리가 다 녹아들지

그래, 그래, 서로의 긴 하루에 대해

눈 지그시 감아주지

그래, 그래, 기약할 수 없는 내일에 대해

눈 지그시 감아주지

안녕, 돌아보며 밤새 흘린

고양이 발자국마다에서 쇠별꽃은 피어나지
—「지상의 별들」 전문

   적정한 거리에서 "서로를 염려하는" 일이 사랑이라면 시인의 사랑과 연민의 속성은 위 시에서도 잘 드러난다. 고양이가 모여든다. 풀섶을 열고 나타나기도 하고 차 밑에서 나타나기도 하고 담장 어둠 속에서도 나타난다. 날로 그 수가 늘어나 이름을 붙여 준다. 고양이들은 먹이를 먹는다. 아득아득 먹이를 먹는 소리에 하늘에 별이 돋는다. 고양이가 물통에 물을 마시자 달의 옆구리가 다 녹는다. "고양이 발자국마다에서 쇠별꽃은 피어"난다. 떠도는 길고양이가 먹이를 먹는 모습에서 우주적 상상력이 작동하는 것이다. 생명에 대한 모성애적 미더움의 표현일 것이다. 단 한 번 왔다 가는 생명이라는 점에서 고양이와 우리는 우주의 떠돌이라는 공감과 연대 의식은 "서로의 긴 하루에 대해/ 눈 지그시 감아주"고 "기약할 수 없는 내일에 대해/ 눈 지그시 감아주"자고 말한다. "그래, 그래" 고개 끄덕이며 저 연약한 생명에 대하여 무한 긍정과 연민의 눈길을 보낸다.

   버려진 지게로 메꽃이

뻗어가더니
이내 이마를 짚고
부러진 다리를 감싼다
고구마 순도 볏짚도
산 그림자도
더는 져 나를 수 없는
무딘 등을 쓸어내린다
지게의 혈관이 되어
온몸을 휘돈다
한쪽 팔을 담장 높이 치켜들고는
지게의 뼛속까지 똑똑
햇살을 받아내고 있다
산비탈 마당가
메꽃과 지게는
하나의 심장으로 살아간다
반신불수의 지게에서
메꽃, 핀다

흰밥 수저 가득 떠서
아, 하고 먹여 주는 늙은 입과
아, 하고 받아먹는 늙은 입이
활짝 핀 메꽃이다

—「메꽃」전문

　　유은희 시인의 시에서 생명 가진 것에 대한 무한 긍정과
연민은 생명 없는 것에 대한 그것으로 확장되어 나타나는

126

것도 눈여겨볼 만하다. 인용된 시에서 "지게"는 "고구마 순도 볏짚도/ 산 그림자도 / 더는 져 나를 수 없는" "반신불수"의 버려진 한갓 물건에 불과하다. 여기에 메꽃 덩굴이 "뻗어 가더니/ 이내 이마를 짚고/ 부러진 다리를 감싼다". 그리고 "무딘 등을 쓸어내린다/ 지게의 혈관이 되어/ 온몸을 휘돈다/ 한쪽 팔을 담장 높이 치켜들고는/ 지게의 뼛속까지 똑똑/ 햇살을 받아내고 있다". 이쯤 되면 시인의 눈에 지게와 메꽃은 구별되지 않는다. 혼연일체가 되어 "하나의 심장으로 살아"가는 생명이 되기에 이르렀다. "아, 하고 먹여 주는 늙은 입과/ 아, 하고 받아먹는 늙은 입이/ 활짝 핀" 풍경은 생물과 무생물의 경계를 넘어선 만유 공존과 만유 상생의 경지를 그려 보여 주고 있는 것이다. 이처럼 시인이 꿈꾸는 세상은 연민을 넘어서 화해하고 소통하고 공존, 상생하는 동체대비의 세계로 확장되고 있음을 알 수 있다.

3.

이번 유은희 시인의 시집엔 시인 스스로의 생활이라든지 그 속에서의 경험이나 사유가 중심에 있다기보다 시인을 둘러싼 타인들의 삶이 시적 대상으로 그려지는 경우가 많다. 시인의 경험이나 사유는 시집 속에 등장하는 타인의 삶에 의해서 간접적으로 비춰진다. 그 타인 가운데 많은 비중을 차지하고 있는 사람이 아버지다. 프로이트의 용

어로 말하면 아버지는 시인의 초자아(superego)를 형성하고
있는 존재다.

돌담도 늙는지
점점 낮아지고 있다

빈 젖 물고 크는 것들처럼
담쟁이만 무성하다

넝쿨의 내력을 따라가 보면
먼 길 내달리려던 발자국 하나 있다

담장 위에서 번번이 덜미 잡힌 목덜미가 있다

한 발짝만 헛디뎌도 줄줄이 딸려 넘어지는 것들을
끌고 가는 등이 있다

파도치는 담장 기슭으로
아득하게 뻗어 내린 푸른 맨발들

후드득후드득 빗소리로
발 동동 굴러 우는 입들

줄줄이 매어 달고
길 없는 길을 내어 가는 걸음이 있다

구름 길 멀리 내빼지 못한

내 아버지가 있다

　　　　　　　　　　—「담쟁이의 내력」 전문

　담쟁이넝쿨에 달린 잎들은 자식들의 푸른 맨발이겠고, "한 발짝만 헛디뎌도 줄줄이 딸려 넘어지는" 이 맨발들을 "끌고 가는 등"이 아버지다. 여기서 "먼 길 내달리려던 발자국 하나"는 중의적 의미로 읽힌다. 조그만 섬을 벗어나 더 먼 세계로 뛰쳐나가고 싶은 자식의 발자국일 수도 있겠고 또는 더 먼 세상으로 나가 꿈을 이루고 싶었던(그러나 구름 길 멀리 내빼지 못한) 아버지의 발자국일 수도 있다. "담장 위에서 번번이 덜미 잡힌 목덜미"도 같은 맥락에서 읽을 수 있다. 다시 말하면 자식에게 덜미 잡힌 아버지의 그 덜미일 수도, 아버지에게 덜미 잡힌 자식의 그것일 수도 있다는 말이다. 아버지는 혹여 자식이 발을 헛디딜까 봐 다독이며 이 돌담을 벗어나지 못하게 붙잡고 있고 그 때문에 자식은 발 헛디디지 않고 안전하게 담을 따라 무성하게 자랄 수 있었던 것이다. 아무튼 아버지는 돌담 위태로운 난간에 의지해 있는 담쟁이를 끌고 "길 없는 길을 내어 가는" 중심 넌출이다. 바다를 터전으로 살아가는 아버지의 삶이 얼마나 고단하고 지난했는지는 "길 없는 길을 내어" 간다라는 표현이 함축하는 바로 짐작할 수 있다. 시인의 다소곳한, 절제되고 잔잔한 언어 표현과 시 전반을 꿰뚫고 있는 연민의 정서도 여기서 비롯되었는지도 모른다.

난바다에서 터전을 일구어온 아버지는 언제나 유년의 시인에게 늘 기다림의 대상이었고 가족들은 항상 그 가장의 안위를 걱정하며 살아야 했다. "파도를 넘어올 아버지의 뱃길은 요원했"(「개펄의 아이들」)고 "아버지의 귀가를 점치며 나는/ 창호지 문살마다 푸른 감잎 귀를 매달"고 아버지 오는 뱃고동 소리에 귀를 기울였다. 그래서 시집 전체에서 아버지에 대한 시편이 적지 않은데(분량뿐 아니라 그 무게에 있어서도 상당하다.) 이는 아버지가 시인의 삶과 정서와 시인의 시를 형성하는 주요한 질료라는 사실을 말해 주는 것이다.

병실에서 "아버지의 손톱을 깎다가" 엄지손톱에서 "기우는 달"(「그믐달」)을 보기도 한다. 그 달은 "딸의 언덕길 몇 걸음 앞서/ 목울음으로 오르던" 달이며, "거친 풍랑을 헤쳐 와서는" "홍시 두어 개를 따 주던", 새벽 문틈으로 새어 들어 "어린 것들 이마를 짚어주던" 그 달이다. 아버지의 삶에 대한 소회가 각별한 이유를 충분히 짐작하고도 남을 만한 시다. 차분한 어조로 담담히 술회하고 있지만 독자에게 전해 오는 최루성 감염력은 감당하기 어렵다. 같은 맥락에서 쓰인 시가 「숫돌」이다. "저미고 스민 것들 뼛속까지 품어내다/ 잘록한 숫돌이 되어 올라가신 아버지"(「숫돌」)는 앞서 언급한 「그믐달」의 변주로 볼 수 있다. 다만 「그믐달」에서와는 달리 아버지라는 "숫돌"에 벼린 "날"로서 자식의 부족함을 죄스러워하는 윤리 의식이 잠시 노출된다는 점이 다르다. "여전히 나는/ 풀숲 한 길 헤쳐 가지 못하는/ 무딘 날"로 스스로를 표현하는 것이 바로 그 부분이다.

> 쓰레기장 구석에 가죽 구두 한 켤레
> 놓여 있다 누군가 내다 버린
> 체중계 위에서 걸음을 멈췄다
> 턱에 걸린 숨을 그만 내려놓은 듯
> 혀를 내밀어 보이고 있다
> 쓰레기장 어둠이 퇴적된 것은
> 구두가 모든 길을 해감하기 때문이다
> 채 벗어내지 못한 무게는 320그램,
> 벼랑 끝 발길을 돌려 와서는
> 뼛속까지 박아 넣었을 못의 무게다
> 소리 새어 나가지 못하게 못 끝 다져 문
> 속울음의 무게다
> 구두가 상처를 비벼 뜨는 순간
> 고장 난 센서 등이 오래된 기억을 깜박, 컨다
> 언덕길만 걸어왔던 아버지
> 모서리마다 덧댄 삶을 벗고
> 빈 잇몸으로 생을 빠져나가던 날을 기억한다
> 등을 서까래처럼 세워두고
> 몸만 빠져나간 사막 소의 주검처럼
> 여전히 제 코뚜레를 풀지 못한 구두의 발등이
> 한없이 부어 보인다
>
> —「구두」 전문

시인은 "쓰레기장 구석에 가죽 구두 한 켤레"를 보고 아버지의 생을 떠올리기도 한다. "누군가 내다 버린" 그 구두는 "턱에 걸린 숨을 그만 내려놓은 듯/ 혀를 내밀어 보이고 있다". 버려져서도 아직 "채 벗어내지 못한" "320그램"은 "벼랑 끝 발길을 돌려 와서는/ 뼛속까지 박아 넣었을 못의 무게"라고 시인은 말한다. 그리고 "소리 새어 나가지 못하게 못 끝 다져 문/ 속울음의 무게"로 표현하고 있다. 아버지가 걸어온 언덕길 가파른 인생과 함께 아버지가 감당해 내야 했던 생의 무게를 뜻하는 것이리라. 그 아버지는 "모서리마다 덧댄 삶을 벗고/ 빈 잇몸으로 생을 빠져나"갔다. "등을 서까래처럼 세워두고/ 몸만 빠져나간 사막 소의 주검처럼/ 여전히 제 코뚜레를 풀지 못한 구두의 발등" "한없이 부어 보"이는 그 구두에서 아버지를 본다.

아버지가 유은희 시인의 삶을 구성하고 시를 구성하는 질료라면 그 다른 한 축에 어머니가 있다. 어머니는 아이들과 함께 개펄의 안개 속에서 "파도를 넘어올" 남편을 기다리며 "먹물을 품고도 좀처럼 열리지 않는 것들을/ 속내처럼 소쿠리 가득 채"우고 생계를 꾸려갔다.

구순의 어머니는 부쩍 밥알을 흘리고
기억을 흘리고 여자를 흘린다

몸의 괄호를 다 열어젖혀도
단춧구멍 열리듯 속이 훤히 열린다
이제는 그 흔한 비밀 하나도 간직하지 않는 여자다

목에서 다리까지 훌렁 벗겨져 내리는
이 뻔한 몸을 가지마다 벌목해 살아왔다
옹이마다 손 짚어 오르기만 했던 날들이 부끄러워져서
어머니를 어머니가 아닌 여자로 만나
염을 하듯 어둠을 열어 닦는다

뼈마디 하나하나 닦아내고 문지르다 문득
저 삶으로의 이장인 듯 여겨져서
그만 비누 거품으로 눈 비비고 만다
—「어머니를 씻기며」 전문

지금 "구순의 어머니는 부쩍 밥알을 흘리고/ 기억을 흘리고 여자를 흘리"(「어머니를 씻기며」)며 마치 "헌 옷 한 벌"처럼 "휘어진 못을 붙잡고"(「못」), "쉬 흘러내릴 생의 목덜미 하나"로 "간신히 걸려 있다". 끼니때가 되면 "끝없이 깊은 밑바닥까지 파고들어" 빈 항아리를 긁어대던 어머니, 이제 그 지난한 삶의 여정의 끝에 와있다. "여자를 지나서도" "여자"(「처마 끝에 맺힌 물방울의 눈」)일 수밖에 없는 한 여자의 생애 앞에서 시인은 그 어머니, 여자를 씻긴다. "이제는 그 흔한 비밀 하나도 간직하지 않는 여자"를 씻기며 "목에서 다리까지 훌렁 벗겨져 내리는/ 이 뻔한 몸을 가지마다 벌목해 살아왔"던 자신을 돌아보며 한없는 회한과 부끄럼을 느낀다. 한 생애를 가족에게 저당 잡히고 살아야 했던 같은 여자에 대한 시인의 연민이 무겁게 전해져 온다.

4.

이번 시집의 많은 부분이 시인의 과거에 머물고 있거나 소환해 온 추억 속에 있다. 이것은 불통과 불화의 현실을 뛰어넘고자 하는 시적 전략이거나 정서적 선택으로 보인다. 그 과거, 혹은 추억 속엔 고향 청산도가 있고 아버지 어머니를 비롯한 수많은 사람들이 있다. 그곳에 어머니가 생존해 계시고 죽은 아버지도 아직 살아있다(「달의 배웅」). 추억 속엔 "동전 탑을 공덕처럼 쌓는 여자"(「봉투집 여자」)가 있고, 야근을 끝내고 절룩이는 걸음으로 다가와 "무른 사과나 으깨진 빵을" 건네는 "그녀"(「페트병에 꽂힌 꽃」)가 있다. "버려진 돌밭에 쟁기 날을 꽂는" "아재"(「쟁기질」)가 있다. "마을 소를 찾아 뒷산 오른" "만득이"(「우리들의 만득이」)가 있다. "눈물과 웃음을 반반 잡아" 쓰던 "숙모"(「모 심는 날」)들이 있다. 가파르고 고단했지만 맑고 투명하고 따뜻했던 연민의 시간이다.

아무리 추억이 따뜻하다 해도 과거로 돌아갈 수는 없다. 시인도 잘 알고 있다. 그렇다면 미래의 시간 속에 시인이 꿈꾸는 공간은 어디인가, 어떤 모습인가?

더 늦기 전에 우리 그만 섬으로 내려가요
청산도 도락리 바다로 넓은 창을 내요
시집과 레코드판과 턴테이블로 방 한 칸 들여요
나는 창틀에서 물결 한 장 뽑아내 식탁보를 깔게요
김발 김 빠득 말려 참기름에 자르르 무쳐 낼게요

돌미역에 오이랑 풋고추 숭숭 썰어 냉국을 만들게요

금방 따 온 굴로 새콤한 초무침을 할게요

그대가 낚아 올린 각시볼락은 붉은 양념 발라 쪄 낼게요

다정큼나무 울타리 삼아 이른 저녁 식탁에 마주 앉아요

내 서투른 젓가락질로 먼 파도 소리 한 점 떼어 그대 수

저에 올릴게요

누릇누릇해진 눌은밥까지 노을에 다 불려 먹어요

돌확의 초저녁달 휘휘 풀어 수저 두 벌 담가두고 우리

나가요

칠게랑 참고둥이랑 보리새우랑 갯지렁이랑 바지락이랑

가리맛이랑 소라가

구멍 집으로 잘 찾아들었는지 손전등으로 들여다봐요

한눈 빠끔 뜨고 내다보는 개펄의 창문들 꼭 닫아줘요

밤새 어린 별들의 이소를 아득히 지켜봐요

통통배가 몇 차례 창문을 지나가고 먼 섬이 밀려와 코

앞에 닿기 전에

늦잠에서 부스스 일어날 거예요

낚싯대 드리우고 앉은 그대를 못 본 척 소리소리 불러

댈 거예요

—「그대에게」 전문

청산도 도락리 바닷가다. 아날로그 턴테이블 위 레코드
판에서 음악이 흐르는 그곳에서 느릿느릿 천천히 살아간
다. 그곳에선 자연과 사람이 구분되지 않는다. 수많은 바다

생물과 함께 그것들의 안위를 걱정하며 화려하지도 부유하지도 않은 소박한 삶을 그려간다. 그곳은 사람과 자연, 사람과 사람이, 별과 사람과 바다가, 만유가 한데 어우러진 화해의 공간이며 소통의 공간이다. 오래된 미래다. '죽은 아버지가 살아있는 것처럼' 그곳의 모든 것은 죽어도 죽지 않을 것이다. 그곳은 "죽어서도/ 지키고 싶은 곳"(「청산도」)이기 때문이다. 이 시집을 통해 복낙원을 꿈꾸는 시인의 의지가 이 시에 집약되어 있다고 하겠다.

　큰 줄기를 중심으로 살펴보다 보니 다른 작품에 배어있는 시인의 섬세한 서정을 여기에 다 언급하지 못한 게 아쉬움으로 남는다.